Voyage au bout de la nuit

FichesdeLecture.com

Voyage au bout de la nuit (Fiche de lecture)

I. INTRODUCTION

Voyage au bout de la nuit est un roman de Louis-Ferdinand Céline, dont le véritable nom était Louis Ferdinand Destouches (1894-1961). Il paraît en 1932 et obtient le prix Renaudot, tout en manquant le prix Goncourt.

Il s'agit de l'œuvre la plus connue de Céline, même si l'on retient souvent de lui le caractère scandaleux de ses écrits et pamphlets antisémites.

Cette question mise à part, ce premier roman du médecin est inspiré de sa propre expérience. Nous verrons d'ailleurs comment se développe sa vision du monde à travers son personnage et double fictionnel, Bardamu. Une pièce a constitué partiellement la genèse du roman : il s'agit de *L'Église*.

Le roman a suscité des réactions parfois violentes, et des commentaires tels que « illisible, écœurant », « verbiage délirant », non pas seulement en raison des idées personnelles de son auteur, mais bien aussi du choix d'un langage parlé souvent proche de l'argotique.

II. RÉSUMÉ DE L'ŒUVRE

En 1914, à Paris, Ferdinand Bardamu s'engage dans l'armée sur un coup de tête, afin d'aller combattre les Allemands. Ses illusions et rêves de gloire se dissipent rapidement une fois au front, où il découvre « la sale âme héroïque » des hommes et de sa propre lâcheté, ainsi que l'horreur de la guerre.

Une nuit, il rencontre Robinson, un réserviste qui veut déserter ; Bardamu est réformé et renvoyé à Paris. Il fréquente plusieurs personnes, dont Lola, une infirmière américaine, et Musyne, une belle musicienne. Ferdinand découvre un faux patriotisme qui l'écœure, en vogue partout dans le pays.

Remis sur pied malgré ses déceptions, Bardamu s'embarque pour l'Afrique sur *l'Amiral Bragueton*. Il peine à survivre, puis découvre le système colonial et toute son horreur : la Bambola-Bragamance est rongée par les injustices et les colons profiteurs. Là, Ferdinand retrouve Robinson, reprend la gérance d'un comptoir puis il tombe malade et est vendu au patron d'une galère (ou tout au moins, qui en a les apparences) en partance pour l'Amérique.

Ferdinand suit en fait le trajet du commerce triangulaire. Il arrive d'abord à New York, puis part pour Detroit. Sa découverte des États-Unis renforce son dégoût pour la guerre, que l'on continue par d'autres moyens à grand renfort d'exploitation humaine, dans les usines de Detroit notamment. Il rencontre quand même Molly, une généreuse prostituée, et recroise Robinson qui travaille de nuit ; mais Bardamu veut revenir à Paris.

Il devient médecin en banlieue parisienne, à la Garenne-Rancy. Le cadre tout comme son métier lui font voir les aspects les plus sordides et affreux des êtres humains et de leur condition. Il observe par exemple un couple maltraiter une petite fille, la mort du jeune Bébert sans pouvoir le sauver, et les Henrouille, une famille qui essaie de faire interner leur mère pour s'en débarrasser...

Paraît alors de nouveau Robinson, qui accepte de la tuer pour 10000 francs. Mais il se blesse en voulant tirer et devient aveugle pour un temps. Bardamu le soigne, puis Robinson part à Toulouse avec sa cible ratée.

Bardamu le retrouve à Toulouse et rencontre Madelon, sa fiancée, dont il se fait l'amant. Un jour qu'ils visitent un caveau avec la mère Henrouille, elle tombe et se tue. Bardamu s'enfuit et retourne à Paris.

Ferdinand redevient médecin, cette fois dans un asile psychiatrique dirigé par le docteur Baryton, dont il se rapproche. Baryton, pendant ce temps, devient fou et annonce à Ferdinand qu'il va partir, tout en lui confiant la clinique. Robinson rejoint Bardamu, poursuivi par Madelon. Une infirmière slovaque, Sophie, essaie de réconcilier les deux amants.

Toutefois, de retour de la fête des Batignolles où ils s'étaient rendus, Madelon tire à plusieurs reprises sur Robinson qui refusait de renouer avec elle.

Ferdinand Bardamu s'isole près d'un canal. Le jour se lève et le roman s'achève sur ce souhait : « tout, qu'on n'en parle plus ».

III. PRÉSENTATION DES PERSONNAGES PRINCIPAUX

Ferdinand Bardamu

Bardamu est le double fictionnel imaginé par Céline, et que l'on retrouve aussi dans *Mort à crédit*. Son nom désigne le soldat poussé en avant par son « barda », son chargement, et son prénom reprend l'un de ceux de Céline. Si Bardamu évolue, notamment entre l'*Église* et *le Voyage*, il n'en reste pas moins un anarchiste convaincu, qui va de désillusion en désillusion et n'accorde aucune importance au collectif en tant que tel.

Bardamu paraît condamné à errer, tout en revenant finalement à son point de départ. On a pu parfois le comparer à un héros picaresque, en raison de tous ses voyages et ses aventures. Mais c'est en fait un antihéros qui n'a aucune vertu moralisatrice, et dévalorise un monde qu'il tente de tenir à distance. C'est tout de même la guerre qui provoque le plus important et premier dégoût chez lui, et entretiendra ensuite une certaine névrose.

Robinson

Robinson est ce que l'on pourrait appeler « le double du double », puisqu'il est le double de Bardamu, lui-même double littéraire de Céline : « Une autobiographie, mon livre ? Céline fait délirer Bardamu qui dit ce qu'il sait de Robinson ».

Il constitue, avec Ferdinand, le seul véritable ciment entre les différents épisodes de l'œuvre. Comme on les retrouve à chaque destination, ils permettent d'établir une cohérence pour le lecteur.

Robinson est un homme différent de Bardamu, car il est incapable de compassion. Mais il est important : d'ailleurs le roman s'ouvre sur leur rencontre et se clôt au décès de Robinson. Comme son nom le laisse présager, il est seul, et cela lui va très bien. Mais il est en permanence entouré d'une aura funèbre ou d'éléments rappelant la mort, comme si la sienne était déjà annoncée.

Il incarne tout ce que Bardamu n'ose pas faire ou tenter (déserter, partir, etc.), ce qui explique que Bardamu le rejoigne toujours. Le fait que Robinson échoue indique à Bardamu que lui-même est voué à l'échec, d'une certaine manière, et sa mort préfigure la sienne propre.

Molly

La prostituée rencontrée par Molly fait figure d'exception dans cet ouvrage désabusé : en effet, son amour, qui parvient même à influer Bardamu pendant quelque temps, est pur et intense, et son désintéressement fait presque d'elle une figure sainte, malgré son activité.

Les femmes rencontrées par Bardamu

Elles sont nombreuses, car il est fasciné par ces dernières : il aime notamment les danseuses. Parmi ses conquêtes et fréquentations : Lola, Musyne la violoniste, des femmes new-yorkaises, Tania, Madelon, Sophie. La sexualité est l'un des derniers refuges pour Bardamu.

IV. AXES D'ANALYSE DE L'ŒUVRE

Les idées existentielles de Céline

Céline n'a jamais caché son idéologie dans son œuvre, ce qui fait que ses ouvrages ont toujours fait couler beaucoup d'encre (en raison d'un profond antisémitisme notamment). Ici, plusieurs idées de l'écrivain sont transmises à travers les aventures et remarques de Bardamu :

- l'anticolonialisme, ce que l'on voit surtout en Afrique avec la dénonciation de cette exploitation des hommes. Pour cela, il a beaucoup recours à la satire.
- l'impuissance des démocraties
- l'erreur de l'idéalisme, qui ne cache en fait que des intérêts personnels terre-à-terre. Cela explique ainsi que chez Céline, le monde ne soit qu'un immense théâtre en représentation permanente.
- le patriotisme aveugle : selon Céline, les populations, notamment en temps de guerre, sont aveuglées par ce patriotisme de façade, qui le dégoûte notamment lorsqu'il est renvoyé à l'arrière pour y être soigné. Pour lui, être patriote signifie l'incapacité à projeter sa propre mort.
- la dénonciation du capitalisme forcené, à travers la vision des usines de Detroit notamment (le siège des usines Ford). On accède à une vision dénonçant les automatismes et l'asservissement du travail à la chaîne et du taylorisme dans son ensemble.

-   l'échec de la science, à l'image des médecins de l'institut Bioduret qui
    ne peuvent rien faire pour sauver le jeune Bébert.
-   la possibilité de l'anarchisme : le narrateur et son double sont des per-
    sonnages qui, bien que différents, ont en commun d'être des électrons
    libres, refusant de se soumettre à tout système hiérarchique ou sociétal
    qui tenterait de s'imposer à eux (dans le cas de la guerre, de la colonie
    et de l'asile, c'est très visible notamment). Finalement, ce voyage est
    aussi une désertion permanente pour sauver une individualité frustrée
    par ce monde et son autorité.
-   l'amour est l' « infini mis à la portée des caniches ».

Voyage vain et nuit symbolique

Bardamu et Robinson ont beau passer leur temps à voyager, leurs péré-
grinations sont en fait vaines. Fuir en permanence n'empêche pas le fait que
Bardamu revienne à son point de départ, vers Clichy. Il ne parvient jamais
à s'évader, et cette impression d'espace donnée par les nombreux trajets
est relativisée par ce mouvement de retour permanent, de cercles qui se
referment sur les personnages.

C'est dans cette perspective aussi qu'il faut aborder la « nuit », en tant
que fuite tragique. Ce « petit vertige pour couillons » qui recherchent
« ce rien du tout » est indissociable de la nuit, à la fois menace et
cocon protecteur.

Tout le livre est empreint de cette dualité vie/mort, voyage/fuite, nuit/
jour, et leurs implications diverses et souvent contradictoires.

Où qu'il soit, passés les premiers moments d'exaltation, l'ennui et
l'enfermement retombent sur le personnage.

Le langage de Céline

Il n'y a pas que les parutions antisémites de l'écrivain qui ont choqué
à son époque, mais bien aussi le style novateur et audacieux adopté dans
l'écriture du *Voyage*.

En effet, Louis-Ferdinand Céline a fait le choix d'un langage parlé, oral, parfois même argotique et/ou vulgaire. Cela passe par la syntaxe, le vocabulaire et les expressions, parmi lesquelles on peut citer les exemples suivant : « *trimbalage* », « *tante* »…

Le contraste est d'autant plus fort que Bardamu a souvent recours à des termes beaucoup plus élaborés, et d'homme cultivé, et l'on trouve nombre de figures de style importantes et travaillées : « *bacchanales* », « *bayadères* », « *sociophile* », « *Titiennes* »…

Du côté des figures de style et des effets d'écriture, Céline utilise la technique du rappel (dire quelque chose, puis le préciser immédiatement), des effets de répétition, des touches impressionnistes dans la syntaxe, l'éclatement de certaines phrases, des hypallages, des pléonasmes et redondances… Nous sommes donc loin d'une écriture académique. Mais Céline visait à transmettre « l'émotion du parlé à travers l'écrit » (*Entretiens avec le professeur Y.*). Sa finalité était donc de traduire au plus près le ressenti des personnages. Rien n'est laissé au hasard dans cette déstabilisation du langage académique.

Deux influences majeures : Freud et Semmelweis

Céline, du point de vue de la médecine et de la psychanalyse, a été marqué par les travaux de deux personnes en particulier, ce qui a influencé une partie de sa vision du monde :

- Semmelweis, un médecin hongrois, martyr de la science, car ses théories novatrices (et en fait justes) sur l'hygiène ont été niées pendant longtemps. Céline s'est identifié à Semmelweis pour plusieurs raisons : pour son apport en matière de santé, mais aussi pour sa compassion et son intuition presque artistique.
- Freud ensuite, ce que l'on retrouve dans des interrogations sur le conscient et l'inconscient. On trouve aussi chez Céline des marques de réflexion sur les traumatismes liés à la guerre, les névroses et la célèbre pulsion de mort.

Ainsi, la question de la fascination de la mort est récurrente tout au long de l'ouvrage.

Dans la même collection en numérique

Escadrille 80

Inconnu à cette adresse

La controverse de Valladolid

Les Vilains petits canards

Une partie de campagne

Cahier d'un retour au pays natal

Dora Bruder

L'Enfant et la rivière

Moderato Cantabile

Alice au pays des merveilles

Le faucon déniché

Une vie

Chronique des Indiens Guayaki

Je voudrais que quelqu'un m'attende quelque part

La nuit de Valognes

Œdipe

Disparition Programmée

Education européenne

L'auberge rouge

L'Illiade

Le voyage de Monsieur Perrichon

Lucrèce Borgia

Paul et Virginie

Ursule Mirouët

Discours sur les fondements de l'inégalité

L'adversaire

La petite Fadette

La prochaine fois

Le blé en herbe

Le Mystère de la Chambre Jaune

Les Hauts des Hurlevent

Les perses

Mondo et autres histoires

Vingt mille lieues sous les mers

99 francs

Arria Marcella

Chante Luna

Emile, ou de l'éducation
Histoires extraordinaires
L'homme invisible
La bibliothécaire
La cicatrice
La croix des pauvres
La fille du capitaine
Le Crime de l'Orient-Express
Le Faucon malté
Le hussard sur le toit
Le Livre dont vous êtes la victime
Les cinq écus de Bretagne
No pasarán, le jeu
Quand j'avais cinq ans je m'ai tué
Si tu veux être mon amie
Tristan et Iseult
Une bouteille dans la mer de Gaza
Cent ans de solitude
Contes à l'envers
Contes et nouvelles en vers
Dalva
Jean de Florette
L'homme qui voulait être heureux
L'île mystérieuse
La Dame aux camélias
La petite sirène
La planète des singes
La Religieuse
1984 A l'Ouest rien de nouveau
Aliocha
Andromaque
Au bonheur des dames
Bel ami
Bérénice
Caligula
Cannibale
Carmen

Chronique d'une mort annoncée

Contes des frères Grimm

Cyrano de Bergerac

Des souris et des hommes

Deux ans de vacances

Dom Juan

Electre

En attendant Godot

Enfance

Eugénie Grandet

Fahrenheit 451

Fin de partie

Frankenstein

Gargantua

Germinal

Hamlet

Horace

Huis Clos

Jacques le fataliste

Jane Eyre

Knock

L'homme qui rit

La Bête humaine

La Cantatrice Chauve

La chartreuse de Parme

La cousine Bette

La Curée

La Farce de Maitre Pathelin

La ferme des animaux

La guerre de Troie n'aura pas lieu

La leçon

La Machine Infernale

La métamorphose

La mort du roi Tsongor

La nuit des temps

La nuit du renard

La Parure

La peau de chagrin
La Petite Fille de Monsieur Linh
La Photo qui tue
La Plage d'Ostende
La princesse de Clèves
La promesse de l'aube
La Vénus d'Ille
La vie devant soi
L'alchimiste
L'Amant
L'Ami retrouvé
L'appel de la forêt
L'assassin habite au 21
L'assommoir
L'attentat
L'attrape-coeurs
Le Bal
Le Barbier de Séville
Le Bourgeois Gentilhomme
Le Capitaine Fracasse
Le chat noir
Le chien des Baskerville
Le Cid
Le Colonel Chabert
Le Comte de Monte-Cristo
Le dernier jour d'un condamné
Le diable au corps
Le Grand Meaulnes
Le Grand Troupeau
Le Horla
Le jeu de l'amour et du hasard
Le Joueur d'échecs
Le Lion
Le liseur
Le malade imaginaire
Le Mariage de Figaro
Le meilleur des mondes

Le Monde comme il va

Le Parfum

Le Passeur

Le Petit Prince

Le pianiste

Le Prince

Le Roman de la momie

Le Roman de Renart

Le Rouge et le Noir

Le Soleil des Scortas

Le Tartuffe

Le vieux qui lisait des romans d'amour

L'Ecole des Femmes

L'Ecume Des Jours

Les Bonnes

Les Caprices de Marianne

Les cerfs-volants de Kaboul

Les contes de la Bécasse

Les dix petits nègres

Les femmes savantes

Les fourberies de Scapin

Les Justes

Les Lettres Persanes

Les liaisons dangereuses

Les Métamorphoses

Les Mouches

Les Trois mousquetaires

L'étrange cas du Dr Jekyll et de Mr Hyde

L'Ile Au Trésor

L'île des esclaves

L'illusion comique

L'Ingénu

L'Odyssée

L'Ombre du vent

Lorenzaccio

Madame Bovary

Manon Lescaut

Micromégas
Mon ami Frédéric
Mon bel oranger
Nana
Ne tirez pas sur l'oiseau moqueur
Notre-Dame de Paris
Oliver twist
On ne badine pas avec l'amour
Oscar et la dame rose
Pantagruel
Le Misanthrope
Perceval ou le conte du Graal
Phèdre
Ravage
Roméo et Juliette
Ruy Blas
Sa Majesté des Mouches
Si c'est un homme
Stupeur et tremblements
Supplément au voyage de Bougainville
Tanguy
Thérèse Desqueyroux
Thérèse Raquin
Ubu Roi
Un Barrage contre le Pacifique
Un long dimanche de fiançailles
Un secret
Vendredi ou la vie sauvage
Vipère au poing
Voyage au bout de la nuit
Voyage au centre de la terre
Yvain ou le Chevalier au lion
Zadig

À propos de la collection

La série FichesdeLecture.com offre des contenus éducatifs aux étudiants et aux professeurs tels que : des résumés, des analyses littéraires, des questionnaires et des commentaires sur la littérature moderne et classique. Nos documents sont prévus comme des compléments à la lecture des oeuvres originales et aide les étudiants à comprendre la littérature.

Fondé en 2001, notre site FichesdeLectures.com s'est développé très rapidement et propose désormais plus de 2500 documents directement téléchargeables en ligne, devenant ainsi le premier site d'analyses littéraires en ligne de langue française.

FichesdeLecture est partenaire du Ministère de l'Education du Luxembourg depuis 2009.

Plus d'informations sur www.fichesdelecture.com

ISBN: 978-2-511-02799-8

Notes :